我們都是被星光哄騙的孩子

456 /500

致親愛的婆婆

自序

　　我不喜歡喋喋不休，但也不是沒有話想說。至於為甚麼選擇詩，我想我是比任何人都清楚的。我的性格裡蘊藏著逃避現實、混沌不安的特質，說得好聽一點是天馬行空、富有想像力，但不免被人認為是不切實際、逃避現實的一種，而這樣的人，在社會上是難以被接納的。而詩的「虛」跟現實的「實」似乎是兩碼子的事。但是我仍然選擇了詩，詩也選擇了我，把我收養。

　　2014 年的冬天我去北京探望朋友，吃完晚飯後時間多的呢，於是我在小平房裡開始執筆寫詩，起初的心態是一種調侃，因為出自無聊所以選擇寫詩。北京的天氣極其乾燥，冬天的室內又如此悶熱，每每回到房間就要脫下外套，因為暖氣都是中央的，彷彿整座樓是一個桑拿盒子。在北京那個星期，我總是看見月亮掛在暗藍的天空上，那陣子的月亮還是新月，我看著看著覺得天空的牙齒快長成，我看著這個發光體，寫下了第一首詩，名叫〈月球〉。以一種物理性的角度去看情感豐富的月亮，現在回想起來，我當時努力地抽離自己當時的感受，直至現在，於情感澎湃而無處可逃之時，我也會不偏不倚地投靠詩。

每次書寫我都覺得是孤獨的，而正因為獨處的時間，我才能書寫。而孤獨本身是一場旅行。2016 年的初夏，我獨自一人背上了 10 公斤重的背包，完成了六個月的歐洲背包之旅，出走了九個國家包括三十多個城市。有些日子為了省錢，每天走大約 10 公里的路，走著走著我覺得自己走進了現實世界，卻遠離了原本的生活。所謂的流浪不過是自我探索，不過是不停地量度自己與身邊事物的距離，我記得我沒有想家，因為我不覺得任何地方會成為我的家，也許因為如此我可以走得很遠。人在異鄉，聽著說著的都不是自身的語言，我偏愛寫字，以書寫流浪的見聞和故事正正是一種不動聲色的歷史見證。在不流浪的時候，我的心總是想到遠方，人在路上的力量，其實就是接受生命的力量。

　　寫詩這件事，起初沒有很多人知道，包括我的家人，而我最親愛的婆婆，她是個不識字的人。在農村長大的她，加上是個女孩，沒有接受教育的機會，而出社會後，她為著糊口奔馳，更是沒有學寫字的空間。可是她得悉我將要出書，她身體力行地支持我，為我的書名《我們都是被

星光哄騙的孩子》手寫了書名，我為她解釋每個字的意思及每個筆劃。她一筆一筆有板有眼地寫著，雖然像她說眼睛不好，手也在抖，可是她的字體和她的內心一樣，單純而善良，她總是非常熱切地為我做一點小事，像她這樣愛我的人，我只想把我的詩句都送給她。

2023年於我而言是一個突破，從1月開始，我不定期的在街頭、書店和咖啡店等地方擺攤為途人寫詩。這是我第一次把詩歌與素未謀面的讀者分享，有時會在想我一直在寫，一直在寫，不就是為了還未遇到我的讀者嗎？在這個被認為沒有詩意的城市，偶遇分享一首詩，實在非常難得和令人感動。在為他人寫詩之後，我似乎更了解自己和這個世界的關係。給我出題的人，他們也必定在思考著自己與世界如何產生連結吧。在輯五〈你有各種詩意的配置〉中的詩，都是別人出的題目、我為他們書寫而成的詩。每一次相遇都是一個期待，它決定了一首詩的誕生。

決定要在300多首詩中挑選三分之一，並且附設章節，我馬上要為自己的人生分成好幾個部

分，其中最重要的是「愛」、「流浪」、「成長」、「孤獨」和「把詩意傳播出去」。這些主題環環相扣在一首詩歌裡，它可以是所有的主題，如果一首詩是我的投射，我怎麼能把它分類呢？

　　寫詩將近九年，自己也踏進了人生的另一個階段，我也真的不動聲色的成為了大人。很多跟我同年紀的人，我只希望我們都不要放棄煙火和再愛的機會。

吳敏鈴 Forest
二零二三·夏

目錄

輯二　攜著馬的靈魂，從南走到北

輯三　　**不要放棄煙火和再愛的機會**

輯四　當孤獨太濃，在海裡也會沉沒

輯五　你有各種詩意的配置

輯一

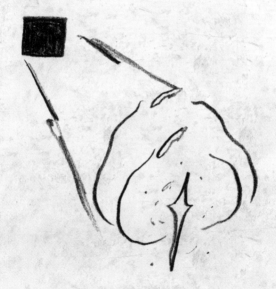

我只是個依附情感的怪獸

月球

「你不叫月亮，叫月球。」
渾忘名字的女人幽幽地說
沒有提到的是
月球也記不得自己的姓
雖能彼此安慰
亦能彼此欺騙

月球愛上了這個鬱鬱寡歡的女人
而且這件事
必須成為秘密演下去

2014.12.29

送樹的科隆男子

你在回程的巴士上告訴我
科隆的男子在每年五月砍一棵樹送給喜歡的女孩
我當時聽醉了
那是我聽過最浪漫的禮物
於是我毫不客氣地想像科隆的男子砍著樹的畫面
再痴痴地把樹拖到女孩的家門前
喘一大口氣後
汗也擦過了
叮噹
嗨，我喜歡的女孩，你在家嗎
我給你送來一棵樹了

噢，聽起來多麼傻氣

2015.1.8

傷心不對岸

熱情退卻——
讓我傷心不已的四隻字
過程卻異常安靜
兩顆人兒被結在蛛網般的空白
意識所到之處也破著一個洞
但我指的是我愛你

我的熱情退潮到南方的島嶼
破碎的浪花被收回
波光粼粼的你也會被收回
月光披在我的指尖上，薄薄的一層
我彷彿聽到萬物在嘆息
白露、葉脈、蟬翼，以及：我
但始終不妨礙你被熱情收回的慢動作
它要退，你也必然要退
嘆息怎夠熱情用力
不愛你的感覺是
我的傷心有點不對岸

2015.1.27

寫給不識字的外婆

就像記憶讓我知道那樣
秋季在十月開始
我們啊，故意撇掉哀傷的語法
外婆今年六十二歲
時鐘也不能交代，皺褶爬滿手背
太多年的等候和徬徨的默念
我見證過一些

就像記憶讓我知道那樣
外婆的家搬了好多次也總是小小的
鄉下的小貓似是能感知離別
躲起來，把傷心實實抓死
但我的外婆啊
你是不是也可以像小貓般報復你的傷心

就像記憶讓我知道那樣
我是你第一個，也是唯一的孫女
我記得我問你，你也記得──
「你為甚麼這麼疼我？」
一起串珠，逛街，午睡
就不過如此簡單

我的外婆是個簡單的女人
我是這些年來一直被外婆單純的疼愛著
寫著寫著眼淚就流了

2015.1.31

慵懶的深情

我早把我們想好
城市的別名把我們分割成兩瓣耳尖
用作聽說曖昧的沉靜
對於下落不明的騷動卻總失聽
原來只有兩個耳孔在吶喊
我只希望我們遠得將公里填滿世間的悲涼
填滿不在場的你
以及不在場的我們

於是我唯一要問
你有否在攪動往事時
想起過深邃的朝露
讓溫存的記憶體鋪出一條鐵橋
在銹跡斑斑的耳背表面
不慌不忙地座落

2015.3.5

今後的傷勢都與你有關

回家的路上耳朵一直疼痛著
每看見一個路人就給他顯露這透風的傷勢
趁我還聽得見自己的呢喃啊
傷勢嚴重時我也是誰也不想見
如一個正常人該有的嬌羞

反覆想到我們
才發現世間的萍水相逢可笑又悲哀
於是我猜想我們是
終究會把人撕碎的一陣微風
單薄的事物總是如此地繁多
天荒地老也只是沒有骨骼的輕紗
故此我們都在忍受傷口發炎的後果

我不懂得翻譯你的疼痛
也不知道如何得知這些日子你疼痛過沒有

2015.3.7

你對我的勒索

關於你對我的勒索
你想要的也不是漫天的花瓣
也許不會是月下的倒影
那麼不可觸摸的東西
是那個晃晃蕩蕩的影子也是模糊的我們

如果我是這樣愛著你
一時的失語都足以讓我墜落到昏黃的井
但寫下的句子沒有所謂的口音
沉默也不能實在地握在手掌心的位置
於是二千公里的縫隙只是個暗喻

我想這次我可以安心跌倒
你摟住的是個心思飄遠的女子
但你不必知道
而那些東西比你想像的還要更多

彼此這樣靠近
重要關頭卻說不出那是愛情
這樣的無以名狀有兇猛的床頭
我們在那裡熟睡過和撫摸過
雙方都曾賣力地交出甚麼

有一尾魚永久地為你停止移動身軀
卻總是叫人患得患失
無晴無雨的時節我情願赤裸如枝椏
今夜發炎的喉嚨如常為你安靜
也沒有聽見水滴的聲音

2015.5.16

跨越了幾個海

無論對誰也沒法說出
去那座城市的真相
若果被說出
會有多少塵埃會被掀起

儘可能穿上大量的白
就可以用最低調的姿態
抱風抱花抱你的手臂
而我想
就算一切都遙遠得難以忍受
我會咬緊牙關
維持節奏的呼吸
在你來到我身邊前
保持不散掉

那麼在餘下的時間裡頭
把一切鍍上銀色
好讓眼睛不好的你
在狂亂的風季或是鬱悶的傍晚
也能找到回家的路
我是如此希望

2016.3.27

寫於攝氏十五度的愛爾蘭

執意的寫和牽絆
你可以嫉妒別人的詩有馬
我們是如此走過的
他們都說
看海不必到海邊
你那麼愛著一個人
也不必有我

2016.07.05

兩個對岸

總是擔心被俘於沒法騰出詩的空間
當然肉身會疲憊
但更多的是嘴唇的乾燥
和一些對親密的渴求
手執筆，夕陽莫名來到眼前
在某些日子某些陽光中曬黑

若果可以叫囂，像對岸的男子
不理會世間的目光
包括鳥的目光
那該有多好

去一趟水裡
用鳥吃水的姿態

這個城市不宜久留
它有一個年輕女子的全部
她在這裡
發生過一段關於二十公里的愛情

2016.08.15

十一月沒有歌

「我從搖籃開始徒步走到你的心底」
在我有生之年
都不要再責備我的浪漫主義

你不可能把一枝花帶去異國

但我知道
很愛一件事情就會到達
很愛一個人就會去見

2016.11.07

春天的序章

沒有一座孤島不適宜旅行
我想每次我能冒的險
都與愛情無關

你知道
我在你腦海劑雪是甚麼意思
你知道
再多的暗語都是具傷害性的
到春天開花時
釀蜜的人從愛情抽身
乘著蜂翼取下蜜

有的人選擇出發
有的人被迫歸來

2017.02.07

我們上輩子是北極熊

夜的那種感情
唸不出來
也不適宜被翻譯
沒法被三五個字概括
更沒法被寫在病歷表

你會犯的罪
我們都知道
不睜眼看最好
不要凡事問得巨細無遺

孤獨的生活
終究我們都不是北極熊
我問：你是否允許我丟失靈魂

轉身離去前
必定會惦記著自己
如何走過冰川
漠視雲層去抵達
彼此的內心
我不是那種適宜你消閒的女子

2017.04.24

再見的兩種說法

我們吻別
最後我堆疊的字眼裡
不包括：再見

我指望的是你愛我
把我的夢穩放在你的口袋
生怕它們被雨沾濕
我是低窪
你卻不是簷篷
是的，我們的城市充滿水分
我想好好放下
跟你一起看過的
撕心裂肺的熱泉與河水

心臟如此靠近
我們的衣裳難纏
動不動就要擊倒昨日的黃昏

我們不擅長的事物
把它們都變成風暴好不好

2017.06.05

世紀末詩歌

對於七月的陽光
不祈求更多是好的
舌頭變得容易乾燥
有一整個綠洲
在心放置泥土
讓心開出一株花朵

到了某個年紀之後
誰又在乎我在詩裡看了幾多遍海
不知哪一天
我會迫不及待燒掉所有詩取暖
像燒掉一個時代般轟烈
沒有其他形容了
只要切記詩不是永恆終結裡
第一個被提起的詞
然而愛也不是

2017.10.28

看雨

直至
我被下放
去看雨落下

五月二十四日
他想要愛和午夜的擁擁
但無能為力靜止她的愛情
只好回歸
從他的雙臂到
有夏日和麥田的色彩
在不一樣的淺灘
撿拾雨的氣味
留下一串幽閉的符號

需要好好走遠
用力看雨
把模糊的快樂都看透
想要的幸福
才會在無人的太空船上
重新一次成為雨水
降落這個人間

對他緘默的五千四百次
最好都已經化作暴雨

誰何嘗不想被問起去向
然後以一副滿不在意的姿態去愛

2019.07.01

聽見

親愛的，最後請允許
我以女人的歌聲記錄
你的愛情
她的 Zoi Zoi
在沒人知曉時懷緬你的遠行
你的嘴有荊唇有刺
最好能吻一時的平靜

然而我知道這是不夠的
一百首金曲也是暫時的
我要用每年的晚秋祭祀我的遠行
河流的跳石，未醒的酒
到達前寫不踏實的日誌
刻畫南法的乾燥
你父母相識的舊地
覆蓋栗樹，何時再一起吃栗
在星宿下取大地的暖
我心歌唱馬賽的黃昏
你裸露身子和在我耳邊呼氣
我的相思是這樣療癒好的

比起離境
我更怕到達你的臂彎
想喊你的名字
但我更習慣把你放在點唱機上
聽一遍又想念一遍
然而我怕我們有天要再見
這詩竟成了某種預言

2019.11.04

788 號巴士

我不停看錶
但我沒有戴錶的習慣
我一路踉踉蹌蹌回去
過剩的睡眠沒有使我更清醒
體內沒有疼痛更沒有酒精
和你的狼藉相比
回溯隔夜的威士忌
是柔和的立場

你們切換語言
有時為了解密，更多時候為了加密
哪些話我需要聽
哪些話我不用勉強理解
我知道我不善於若無其事
我再三徘徊窗邊遮掩尷尬
假裝看風景看人們
看日與夜的破綻
最好能看得到自己的倒影
最好看得到天空的暗語

他在我十九歲時所願：
「你需要的，
並非一個克制你情感的人，
而是一個接受且相信你的人。」

也許沒有誰預料到
如今成了道詛咒
我再深情一點
這首詩將會被翻譯成你的語言

2020.12.26

今晚湮沒了愛情

有人接近她
她便抵擋陽光，照耀悲傷
她彎曲不了自己
更背對不了孤獨
沒人給出更好的安慰
成為了不哭的理由

眼睛乾燥了六月的心
害盲了問路的人
針眼裡沒有太多提示
去妥協還是被妥協
比較受世人接受？

她彎曲不了自己
放下孤傲，她是拒絕的
蜂翼不偏不倚停留在
尾針死亡的集散地
唯有孤獨
長存在每個不透光夜晚

親眼目擊每種愛情被湮沒
她更愛彎曲不了自己

2020.12.26

風鈴和魚

初春爬到每家門口
矛頭指著一頭北方動物
它被猴麵包樹認得
可是你不愛鮮花，鮮草也不愛
你渴望永恆，至少可能長久
所以你鄙視星座和小說
你的國度裡
也沒有舒適的愛情
情愛是偷呃拐騙的結果

那個愛抽氣的女人
在房間像五月的風鈴奄奄一息
她脫去身上的絲綢
換上鱗片，成為月光照亮的證據
在河江中誕生慾望
不約而同的愛情
把她一生的夢境都填滿

2022.02.13

重力

向宇宙射出詩意的衛星
如此零碎的銀河才能包容混沌的我
但凡做夢，都被遣返
在非常在意及不在意之間
選擇不打擾過往
不尋回家路線
不搜索你的姓氏

從青春期意識到自己
離地幾公分的病態
墜落沒有聲音
因為黑洞沒有耳朵
愛情很窄
因為遺忘很漫長
引力很飄渺
人間事很厚重

2022.12.22

異地戀

造物者造就了陸地和昆蟲綱目
也捏造了逃避型依戀者
讓異地戀
成為他們擅長的科目

到底是先有戀愛
再分隔一群人
還是後來才令他們戀愛
去跨越海洋
給彼此一個擁吻

去見你
和被你見都一樣

2022.12.23

艷遇

我們的相遇
是黑白色的

2023.01.03

外語

過分濕潤的外語
我的眼睛不利追捕你的黑底白字
點清要一份簡單的快樂
無後顧之憂

秋水在更深的秋水裡
乾涸成第五季節
每一次換季
糾纏不清的字眼裡
你必須信服幾個東西：
蜘蛛絲、破瓶子、香煙蒂

你在任何人的懷裡
都要想起我，是我把你捏碎
再愛過你每克碎片
你就是你不肯承認的碎片

2023.01.29

輯二

攜著馬的靈魂，從南走到北

北方札記

北方的一月
樹的脂肪和他的雪一起落跑
捏住僵硬的影子
不帶靈魂的在火堆上跳一支探戈

梅花未說話
凋零卻在湖上摔了一跤
你將赤足歸來
正如我熟讀飛鳥滑行的姿勢

2015.1.9

某種距離的驪歌

我無處可去
哀愁也無處可去
內心的霧靄，撞破柏油路的綠
架空電纜生出一種奇異
守門人朝見我的真身
我報以苦海的微笑
尚未獲釋的妖嬈，行走行走

迷失是，莊嚴的失去
抽象的歇後語拖著尾巴
帶我到你居住的城市
睡你的床，輕撫你用過的肥皂
我懷念蜂鳥叩門的姿態
遠方抱起我混濁的軀幹
被記憶收留的我
依然無處可去

為了懲罰我的多愁善感
宇宙脫下長袍
坦露出貧血的胸脯
餘下我和——
某種距離的驪歌

2015.1.28

你背棄一個人間

你是流浪的蒸氣
專橫的夜不能把你壓低
受驚的鹿也不能

身子每處也泛白的我
選擇以不哼一聲的方式走向你
看見所謂遊蕩的意象
後來纏繞的色塊把你拉下來
從流浪成為你的名字開始
那裡有個茫茫人間你選擇永久地背棄

2015.3.6

我是為了滯留而哭

作為銳利的水，我把自己寫進了痛哭的部分
沒有核桃般堅硬的雲也沒有你
那個人間不允許我把它攜帶在背上
把自己塗上了濕潤潤的放肆後
是你放開淚腺的原因嗎

我不認識你，在旁邊偷窺了我的狼狽
也不知道會不會有甚麼喝醉時說的話題

一搖一晃也好，浸泡在這殘破的早晨
我只怕我對正常人而言太過沉重
遊走在，輕飄飄的沒人的光
目的地如此明確
我想起自己似乎沒有家

2015.3.23

行走的疼痛

我的胃跟我一樣敏感
一次換氣可以把它弄痛
把鷹和麻雀放進去也可以把它弄痛

兩次疼痛裡面
一次你在，一次你不在
某次險些死去

好像我這樣存在
平靜時就能成為自己掌心上的細紋
疼痛於宇宙有這麼多路
既疼痛於我執拗地
想像它們有輕聲喚過我的名字
好讓我騰出思考疼痛的深度
（思考疼痛等同思考人生）

不死去的時候
沒有一種是我該步行的去向

2015.3.23

給母親寫了張紙條

總是帶著太厚的懷疑
卻太快下結論

我不相信世界有所謂隱秘的顏色
貨車載著故事的結構
駛進一個我熟悉的村莊
沒有人給我招手
甚至不知道寫一首詩要這麼用力

直至你學懂了畏懼高度
雲的漂泊我都了解
但踏著它時我總是覺得安心
沒有一種生活需要執行
所以我寫了幾個字給母親
跟我死前想說的話
原來差不多

我可以寫關於自己的故事
但絕不再想何為生活

2015.4.1

Walden

文字應當有這般力量
把你拉緊，讓你感受窒息
竟然有人可以把原野和荒涼形容得
如雀鳥的骨頭般細小

不可能不想隱居起來
過著原始的生活
起來便砍柴燒水
讓眼睛熏黑
我不擁有整個森林，即使我可以
我放開拳頭
確定這是我所追求的生活
也許沒有訪客
也沒有讀者
不知道今夕是何年
下雨了，心不會慌張得像小船
無論大自然的邏輯
我聽不聽得懂
這四季還是會順序來臨，然後死去

可不可以，我所想像的
其實已經有人把它實現了

2016.2.5

有沒有踩過雨

過去有沒有踩過雨

我有沒有叫過你

你的思緒跑得快

空間裡結冰的空氣

漠視世間，你沾濕羽毛但仍可以飛

皮膚變成更接近土壤的顏色

在死的一切，身上便有土把我埋起來

你要求我到另一個城市

那是不可能的

吃風，不能像吃火的比利時人

看慣變化的天氣

我下垂的意志

一片走不進去的森林

很多荊棘和陷阱

故事不夠多

愛躲起來思考事情的孩子

2016.06.28

麥田與死

腹部的刺鳥
天光天暗，風的順序
說話的人們蓋著你的灰色
外面的風都觸不到你
你要展現寂寞，在麥田裡就好

看見
陌生人
你有太多故事要說
譬如是你腳腕的脆弱
母親不知第幾次摔倒
她卻聽不懂外面的語言
我渾忘要去死的志向
送回家，用小的瓶子就可以了

但我的家太遠
葬在這裡就好了

2016.07.01

有些人以夢為馬

因為我也很渺小
在一些失去裡
我都掌握不住風要到達哪裡
哪個時辰的雪不會把我凝固
就算心的溫度有種老調
我又可以一如既往
如野馬，有它的自由

人們點亮蠟燭
不必要看四十四次
你承諾了去寫
就盡情去寫和選擇樹
有些樹會老，有些鳥會停留
有人說你身上盛戴著玫瑰
你卻不知所措
你說
我可有見過你
在你吃火的時候

那些讓你以夢為馬的人
他們最好也知道
你是蝴蝶，固然愛花
抓緊一些樹
許多，便是一些

麥田不可能有更多危險
你不可能抓住更多煙火

2016.07.04

巴黎，巴黎

巴黎的憂鬱原來是這個意思
它是屬於陰天的
它屬於沒有發生的愛情
不必要有穿越幾個宇宙的心思
因它屬於到處張貼的詩

我夢見過一些畫家的生活
他們藉抽煙使皮肉更瘦
藉交流反對交流
這是一個城市的奏鳴曲
沒有打賞
唱下去直至一批人群換一批人群

除非有更能隱身痛楚的牆
不然我們會言不休止
繼續存在
繼續誤解

我看見街上的人們
要感到寂寞也是有千萬種方法的

2016.08.04

在西貢寫詩

隱沒在田間
田間裡沒有蛙
再過幾個街口
搬一張椅日曬，驅趕昏暗
聽到磨刀的女人在某處
藏了渴求咖啡因的貓

在島上定居
有早到的船和遲到的春天
陽光透露出處
脆化的樹葉往東風飄
被送到林中深處
以駐足的人為單位
點名野花，雛菊、薄荷、辣椒
讓蟲子吸收蜜汁，轉化情感
在土窯裡加注柴火
從村裡取材

打鐵的下午燒成一個鼓
每次作響
一些人被撼動
我們雙目失明
明亮的火塵
溫暖了村子的屋頂
屋子是隔閡的自我實現
允許萬物蒸發
綠光澎湃

2022.11.19

旅行

讓這篇詩
成為一張單純的旅行地圖
我未踏足的國度
用盡橫線把旅程填滿

到伊斯坦堡看氾濫的貓
泡一壺土耳其咖啡
在熱氣球上生曬情話

到斐濟住進樹的心裡
白天有海水，黑夜有星光
學本地人捕魚蝦捕惡夢

到波蘭看一些人住過的地方
也許他叫蕭邦，也許他叫無名氏
也許我就當作自己是電影的女主角
生在冷戰，生在分裂之時代

到三毛施過巫術的撒哈拉沙漠
跟駱駝要取山峰
留下腳印卻帶走沙粒

但我呀
護照仍在辦事處某個抽屜裡待領

2023.01.04

散步

喜歡在晴朗的日子散步
喜歡在散步時曝露隱藏的小事
重複我的出生地
有泥濘有大型商場
討論蜜蜂存在的意義
去相信及否定一些價值
撫摸每隻路過的狗
把人類歷史散落在每格階磚
眼前的事情終會變成眼後的事物
耳前的聲音終會變成耳後的聲音

散步作為生活延伸的後室
慢調且神秘
我提議我們去散個步
在相愛前了解彼此的步伐
讓今年成為散步之年

2023.01.04

回首以後

二月將盡
小雪融解飛鳥
選料的季節喋喋不休
浪蕩的我又一次等候
靜默的你又一次呼喚

你沒有發明出生地
出生地發明你
派對沒有你熱衷的安慰
無意打開密集的生活痕跡
除了瓶罐，是更多的器皿

藍光幫忙翻譯
你一語都必須經得起解讀
他一言都別有用心
晚秋至今留下的是加深的年份
五光孵化成一則白夜
十色埋在心裡

世界都與你無關
你與祖先的語系無關
你就是你的父親
直視不了的明珠
不在掌心，卻在眉心

2023.02.22

雨林的熱帶

窗口自然生成的熱帶雨林
在我有生之年，若果去不了南美
如果我在一場意外就死去
我都會要一片雨林
襯托在我的背部
我想串連鳥和昆蟲
合謀寫份我曾存在過的證明書
可惜了，不幸的是
我的證人比我見證的更少

若果去不了南美
就去香港大學美術博物館
般咸道那個出入口
推開窗就能磨掉一個森林

邀請雨水漫舞
雨水不知如何掌握姿勢
稍不留神中鑿出幾片雨林
雨滴發展成青苔
苔蘚卻回不去雨林本身的神明

若果雨是來討債
為甚麼他要蒸發自己

就算我去不了南美
也是緣分
若果銀紙是從雨林產出
沒有人會為樹的任何部分感到抱歉吧
不為根，不為大地之子
更不為正在築巢的鳥獸
我只看見拍翼，見不到鳥
我只看見光影反照，見不到太陽
我只看見幻覺，見不到林木

2023.03.08

在廣州沒有網絡沒有現金（上）

電子的生存時代
沒有網絡沒有現金
還逛不逛得了街
還吃不吃到串串
所有牛雜和火鍋都可以掃碼下單
我可以掃碼
但不屬於同一個系統裡
商家當然不會拒收現金

現今只能通過更電子化的生活
呈現冰山的鹽
電子鹽也就解散
除了油膩的草莓蛋糕西蕃蓮冰沙
商場裡的門面對櫻花敏感
步道上依附在每片金黃的遺物
來自不知名的樹
早在我出生他就到了
他在俯視人群
而人群也寄望樹幹

對落在步道上的一切事物
與世無爭地吐光
收納在晨語
被視作神聖的你
呼喚成冰
搖動成一塊雲所不能承受的

2023.03.12

在廣州沒有網絡沒有現金（下）

逛書店仍是逛書店
過得了星巴克卻仍是星巴克
人在旅途
所有的書店和咖啡店
加起來都不足以安慰旅人的漂流

偶爾也需要沾染塔光
河岸的麗水
也必須去感受一下舞動
用四肢去造歌
用頭頂去造詞
耳裡總有回音一直深入至心肺

無可救藥的痴迷陽性之物
油膩辛辣的一連串進腸胃去
被推送去沒有音訊的器官
就是那麼偶然
有時也想如此隨性
就走過一個酒吧
就喚一杯名字最長的酒
過一過短暫的那種小資的生活

沒錢沒網絡的狀態
只好記住街道名字
被繁榮的城市誤會了
我並不高傲
我的高傲早在離開家那刻
就不能切換地區

2023.03.12

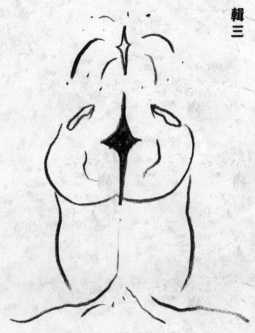

不要放棄煙火和再愛的機會

成長誌

緩慢的看護
在秒與秒中遺忘
左邊有樹
右邊有不能擁抱的
古巴的夢
絲絨般的睡眠

中間的火焰
我接到手掌心
過濾出濃煙
我在長大
從愛過的懷抱中
失去童真
三天後我便二十五歲
只願
不要放棄煙火
和再愛的機會

2019.11.23

孩子

我是我的孤兒
在我的子宮學會了游泳
長大了便畏懼水
我的自相矛盾
都是一個高傲的胎記

某天我哭了
我想得到父母的愛
可以拾棄所有器官和胎記
可以不要迷人的深情
可以再次死去
我還是不是自己的孤兒
或許我只是某兩個人曾經拋棄的孩子
那個熟悉的子宮已老去
柔軟的乳從今失去彈性

可我就能回去嗎
沒人能承擔自己的誕生
不是說了能捨棄所有器官嗎
皮和肉終要歸還的話
我的骨髓將祭祀那某兩個人
我已經不再高傲
你們把我領回到子宮去吧

2015.1.13

理想的池水

這樣存在就好了
可以靜止下來
可以不思考渺小的意義
可以張開雙手擁抱涼涼的自己
可以乘哭著回去的火車
可以捨得黑暗
可以盛載光明
可以讀遍書架上的重量
可以喜歡人群裡最後發聲的人
可以站在冰上發獃
可以在出門前抽根煙
可以分辨得到愛與被愛
可以成全火堆的冷
可以吟唱山頭的躁動
可以忘憂舞蹈
可以寄出午夜的情書
可以跳過哀愁的雲石
可以輕撫所有不安的心
可以醒於陌生的海洋
可以裸露我的肋骨
可以逗留在去年的雪堆

可以無知
可以敏感
可以深沉
可以這樣存在

2015.2.13

世界，你好

你開始靠近殘缺
把自己圈出世間外
不被誰愛著也避免愛上誰
所謂回憶，無非是便宜貨
好比月球背面運行的分秒中
花朵在我不知道的時間裡面
孤獨地華美綻開
然後滋養著異迴的敗壞

一切都有可能是危險的
你所看見的蝴蝶
一旦消失
你的心不可能不被震驚
當一切都有圓滿的樣子時
稍有的改變
那都是前所未有的危險
這些都是你深深明白的道理

當月缺或凋零都不能搖動你的心
雖然會傷心
但一切的危險都傷不到你了

2015.12.15

朝夕

那夜我夢見母親
她對我說了許多囈語
像棉花那樣承受過我的黑夜
她在夢中原諒了我是她孩子
卻選擇成為野馬般出走
我們都知道愛不等於放逐

我只希望再去做夢
夜涼了有家，家裡有她
若果她想念她的孩子
我是可以回去的
風吹起塵土，風不管輕重
我在任何地方都盼望她安好

你踏過海水，只差愛過一個人

2016.09.24

五月剛好來到

淡白的五月之夜
在不適合苦海抽身的月色下
我聽見了蟬鳴
以為夏天降臨
然而不是

能夠一直看著自己的影子
我就能安心
無論多狂野的浪也不能把我怎麼樣
你說這個身體有些不同
這個總是在內部摺疊疼痛的身體
但它不可能改變
它不可能變成你不認得的模樣
大概一些日子換來了更厚的痛楚

自己總是不知道
同一條路走得多後
腳步成針，軌跡成網
不能容易忘記

能夠習慣黑暗
光明反倒是刺痛，是負擔

2017.05.01

我們都是被星光哄騙的孩子

在你回歸到十月的海洋後
我身上有魚
有一種永生復劫
像波浪煽動的海底
我怎敢把不安交給你
如果你本身是我的不安

不要拒絕人間煙火
也不要拒絕愛不成的狼藉
這樣的日子，以後多著呢
假如你不願意一個人在黑暗中航行
但最後
你該像頭滿月出沒的狼
用力嚎叫
而不是埋著隱隱作痛的日子

2017.10.28

年終之歌

星期四晚
我從郵局的方向回家
去寄中環至中環的信
兩元港幣
隨時又再加價

路程好遠又好近
然而不過幾百公分
沒有哪一條比較好走
荷里活道販賣古物
我販賣沒人問津的詩意

我去尋獲你
是為了再失去你
為了你
我的雙腿用作追蹤你
但你說這是危險的
萬一你的家還有其他人

如果你批判我
那是在批判
我的寂寞

上戰場的人不再衰老
也許
在某些戰役裡
我也學會不再自憐自艾
我也不想知道的事包括
年之終
心之始
每首詩歌都在完成中

2018.12.31

石油、創傷和太陽終結論

每首詩的誕生
都是在捏造一個水星
以驟雨和濃霧為題
唸詩給宇宙聽
剩餘五十億年餵飼太陽肉身

那些與我有緣的人
出現在夢中
來生我將變成一縷春風
沉醉在你的腰窩
如果有來生

2021.01.22

朝銀河起舞

摘出犄角，埋頭細語
我善用皮膚築起的白牆
悄悄搬動一把暮色的椅子
風信子掙脫花期
試圖把日子混得糊塗

微小活著也是一種福分
多年後，總算參透青春期的痛
溫暖了春江和眾神
卻安慰不了自己的母親
適時反芻劇痛，抿嘴側耳
石頭邊緣的暗湧
披在枕頭裡外
捎來三把火，盜取情感

所有人朝銀河起舞
我順著髮尾長大成人
如今能吃毒
竟成了美德

2021.02.03

尾巴

那些出現在我二十歲前的人
他們供奉過
我情感裡的暗房
餵養過我蠍子的尾巴
為了騰出空間思考和面對孤獨
一直的難題：自我和慾望
有些人短暫的離開
在水深火熱的時候
高潮就是永遠了

如果你認識過去的我
會不會更懂得去愛現在的我
當我選擇光線時
我要的
何嘗不是一種溫暖人心的感覺
但是二十歲前的愛
都是濕冷的

2021.01.15

張望靈魂

我想唱一首與你無關的歌曲
我想寫一個有關鯨魚和峽谷的小說
我張望靈魂
也被靈魂張望
我亂七八糟，昏睡不起
我沒辦法躲藏
厭倦長途跋涉
我丟三落四，把好愛情磨損
我在變老，愛過的人也在變老

2022.02.13

投胎成蟬

我憑甚麼掙脫大霧的憂鬱
相比高歌載舞
可能我更適合昏迷不起
夢裡隨時有好幾百公里路要走
也有一堆人要屈服
但更重要是，坐直，守密
骨感的脊髓卻不允許我別有用心

睿智的樹葉知道
接近永恆的方法——
不偏不倚落在樹根上
學習感知蟬鳴，接受秋天的詩情畫意
腐蝕在飄忽的過去裡
把快樂的明天粗體起來

蟬回答泥土
大霧騰騰的憂鬱是為了出生
為了看大氣的色彩
為了把一整個夏天藏在蟬翼下面
於第五天溫暖人間
樹葉了解鳴聲徘徊不前

即把多少旅人的鄉愁治好
好好昏睡是為了好好的誕生
我決意昏睡，投胎成蟬

2022.02.20

不適用

路過了山丘，腳掌落地
讓愛情走遠一點
要說的話都編排好了
但我只想沉溺於你的腰間
我為沒有被搬動的過去哀悼
四月還未來到
收到祖母的死訊
可以更傷心
可以追溯回憶
心說：「不適用」

路過了山丘，腳掌落地
所謂的家是用神經系統連繫的
我去一趟葬禮
見十年沒見的家人
可以更寬容
可以拒絕狼藉
心說：「不適用」

2022.04.13

我們討論花落花開

幾根貓毛
結實的肉掌
指甲裡微小的存在
去觀察一群蟻的生離死別
風向，水漲，行走
任何有關不期而遇的話題
躲藏貓洞裡
販賣珠光

摒棄的一切裡
不包括思潮和夢魘
除了認真寫字外
你還期望別人認真聽取
話語裡的蜜汁
甜度不偏不倚
昨日有戰爭、飢餓和疾病
仍未過期
但也不再重要

群山超越了岩石
真菌依附於細縫之間
打傘，承接更多雨水
坐南向北為抵擋風勢

靈感如林中鳥
一驟降一消散
大自然是公平的
她讓一些花落，也讓一些花開

2022.11.30

言裡有詩

後來我不再寫詩
我都只寫你的名字
後來我連遠方都不敢去
只去你曾流浪的那個公園
又或許我不再自怨自艾
只確認一個時辰去探望你

我們各自啜吮過的大紅花
如今都在我們的身體
釀出了蜜
發酵了幻覺

2022.12.24

與海水求和

一生人不能狂戀太多次
否則想要的愛情就不靈驗了
就是一種淺笑
成為了一種障礙
等一首詩凝固

需要有拈花惹草的心態
去了解一隻蜂
就可免卻責備
我想和萬物和解
主要和寒冷的海水和解
其次是星座排列
我已經喪失的愛就不計較了

左邊海旁右邊疊建的山
往東邊投擲
一首離騷
錯落有序的悲傷真方便

2022.12.28

解牌

要發表的又不是謎語
我又不是為了讓你猜測

太陽的倒影卻不是月亮
最亮的月光也不是負面的太陽
精準的詩句
有時
就是命運的預言

2022.12.28

生曬文字

屬於哪種植物
除非可以摒棄慾望
能否定被觸碰的能力
碰上綠葉和光合作用
用一扇門避災
隔離灰塵、汽油味
遠方仍有咖啡店可以到訪
不期而遇的故事氾濫
一塊骨頭的容量
我理想的工作並不理想
我想遠行，採購，感知事物
想拉近與神秘的距離
想不抗拒誘惑跟
異國男人擁抱取暖

北部的梯子能不能滑去南部
浪能不能開通海洋和陸地
人到底要說多少種語言
才打破巴別塔的詛咒
你們討論科學的回憶
從畢業後再沒使用化學品

不必要的物質在二十世紀的
呈分試顯得可愛的
我的分數有沒有好得
讓背包的重量值得被宣揚
讀了藝術的人
生活有沒有更像詩

2022.12.29

詩集是廉價的侈奢品

新街 27 號招租
別說我只對 27 這數字有情意結
別說我的狂戀只能對旅人的身世有關
我也許只能愛一直在途中的你
別說你無能為力征服命運
別說神的另一面是悲劇
別說愛就是所有的答案
別說你的來臨就是結局
別說你夢想太大太狂野

2022.12.31

歡樂今宵就很好

喜歡你無拘無束的心靈
你不在意你是否自由
你的飛蛾已經闖明了大半
天竺鯛的雌性全身而退
嬉水，做夢
遠離自己的孩子

其餘的人，鼻孔裡
呼出幾個陌生的派對
髮絲互染
曲的直的不太計較
摟腰之間沒有過多苛求
淑女不求好的歸宿
她自己就是國

我出詩集時
會想你來寫序
因為你
我的語言荒廢
才演變成後來的詩

2023.01.18

1894

那是我其中一個虛構的人物
他出生在 1894 年
在我出生前的一世紀愛上另一個男人
他是海之子，至少他跟大海糾纏不清
他是反傳統的
所以必然地他有個傳統的家庭
我也是反傳統的
也許正是我的家庭跟我大相逕庭的原因
刻畫他那天是星期六
周六是他的名字或一種
星期六的命運就此在海中心慢慢錯盪

2023.01.23

身潮體汐

不要涉足我的潮汐之歌
不要擁有水跡
儘可能被浪隔閡
海的孤兒反覆要吃
讓慾望推翻你的漂流瓶

2023.02.16

水之書

十五種行雷的方式
幾多種靜靜消失和毀滅的方式
你進入洪水
是讓微物顛倒自己

總是摸不清水與水及鏡和鏡
兩個人的影子得有多像
才會吸氣時有如釋重負的跡象

追趕的生活
投進到一顆時間膠囊
模棱兩可
只有他在剪貼百科全書時
心才會平靜下來

2023.02.25

婆婆

我捨不得你的遺憾成為黑曜石
沿著眉心燙平你的不安
修補你平凡的失眠
已經五十年了
傷心必須會老化
未知求和，也未必求和
可以聽聽故鄉的包袱
如何擱淺在你的喉嚨
化成鄉音
讓故鄉找到你
你回去時
傷心的池塘已經乾涸了
變成了加油站

去看破田爛地
強迫吃活著的苦
哺乳，然後自己不夠奶水
灌溉甘蔗田
然後自己吃不夠砂糖

你送給我一條白金頸鏈
藏在底衫褲裡沒有被盜去
但我也找不到場合把你掛在頸
一想到你我的心又重了幾兩

2023.03.08

陌

百花要了
三百個春天造蜜
也不夠送你
人間事剪來剪去
青春短促了幾光年
你一奔跑
影子就濕了一片

駐守你的房間
帶不走凌宵的睡眠
不糾纏不斑駁
再沒可能
短暫時間有悲傷
間中多情，局部性地區發夢
感情換了一個季度
蜜蜂勸喻我別太敏感

你就是花蕾
我仍是那個我
叫百花都寂寞

2023.03.23

繁花

繁花沒法從簡
上海人思鄉時會
吃茶，過家家
燈紅酒過分綠

你披頭散髮
走過荒涼的旅行
有人為你送行
送進洪荒裡

男人誤解女人的眼淚
你最好流出威士忌
而不是生理鹽水

上海熱了
人從歲月消散了
你在時鐘的隙間填充
過時的信物

今夜不必燦爛，不必寬容
你一個人摸著路回家
可否你不要成長
可否你不要悲傷

2023.04.30

輯四

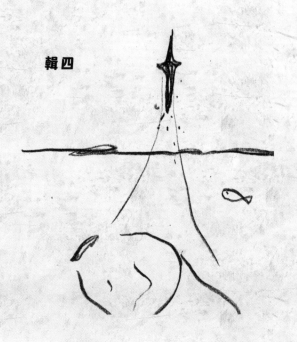

當孤獨太濃，在海裡也會沉沒

我所知道的塵埃

塵埃是綿延的裂口
一道用隱喻建成的圍牆
堵在裡頭是乾涸的傷感
頓時被氧氣吃掉

看著一副無法辨認的傷口
那是塵埃如何被我凝住的契機
一半混沌
一半清晰
塵埃著地的時候
沒人再問疤痕的前塵

能夠與之慶祝的唯一
恐怕剩下
拋棄身軀，然後墜落——
最深的光

2014.12.29

雕刻背的人

就算你已佝傻
我決意定居在你的背
並命名為平坦之地
齒和唇遺失了彼此的起伏
像你的萎縮
然後讀懂龐大的定義

下陷的皮肉那麼不可臆測
盛放著我的朝思暮想
手是靈魂的弓箭
你的背滿是鮮血
但沒有箭
不是所有丟失都有跡可尋

你說你雕刻了許多背
多數是年輕女子
她們赤身裸露著
你卻只索取她們的背
落幕時
你說想看看自己的背
可能的話
你想為自己擦去傷口

2015.1.12

鑲在火焰裡過活

奮不顧身化作床鋪上一片胭紅
但我只能羞蔽莫名的火堆
好比漫漫春天裡的烈焰
各自燒掉長日的顧慮
誰帶著我撿拾日常生活的餘燼

你儘管撇下我一個人在火焰裡無知奔忙
我的白日將比黑夜悲涼
可是它比我更加高傲橫行
燭光般厚的妥協，我一個人推著
我的長日磨出如松針的呼吸聲

讓人活著的理由寫不進一塊磚頭
靈魂即使柔軟也軟不過一把火
我不會再抑壓堤崩的肖像
還有一個異國值得把它放進衣兜
來跟我輕咬風笛的邊緣吧
誰嘲笑我，我就掙脫誰
沒有叫人安慰的活著
誰帶領我去追逐世間裡帶刺的聖火

2015.2.6

孤獨是一種病

有人說我這種孤獨是一種病
但我無力反駁
事到如今
我所見到的,所觸摸到的
哪樣不是病的面目呢

一個人到超市挑選紅酒
仍會想到去年的一段短暫的情事
自己開著紅酒,花了點氣力
甚至想不到一部想看的電影
這難道不夠孤獨嗎

是的,我記得要在喝之前醒酒
讓酒進行氧化
於是我在空白的時間裡幹了別的事情
喝下去前要聞一下發酵的香氣
就算僅僅如此

我決心一個人喝光一瓶紅酒
誰又能夠診斷我的病呢
沒有人
再沒有人能跑來告訴我任何事情

2015.09.20

電影

電影院釋放一比一的虛幻
我蜷縮起身體，接受
各種暗示
來自電影的賦比興
及那些凝望道德墮落的眼睛

裡面的愛情不可一世
沒有結巴巴的情話
寧願犯罪，殺死無所事事的自己
然後引來整個海底的謠言

某個維度被封鎖
我被想像封鎖在，畫外音
現實愈黯淡，電影的虛幻愈像真
進不去也出不來

2015.1.29

寫詩與流浪

如今我又能談甚麼
有關孤獨的
「當孤獨太濃，在海裡也會沉沒」
一個病入膏肓的摔倒
你給我寫詩，我卻在別處
除了流浪
別無選擇

為何沒有那樣的落日
讓我今後不再為了螢火蟲的微光拋頭露面
至於怎樣的一個地方能使我安心
怎樣的地方才能避免
在人群中
不知不覺地喪失寫詩的能力
一定不久之後也會
喪失安頓一座山丘的想像力

流星有它的軌跡
你說這種出走的人生不是每個人都可以負擔
你的手臂那麼用力
去抓緊一個流淌的生命
仍要小心翼翼不要握碎
當一切都失去
就當是黑暗在餵養著我的靈魂

2015.10.21

水仙子與她的憂愁

捕捉一些馬
不同於得到一雙翅膀
不要等到風變得很兇
才記起你一直沒有得到安慰
詩篇和花朵也治療不了你的話
去看海，去沈醉於風裡
夏天會把你蒸發到寒冷的七月份
用科學一點的說法是
你是水造的
每次掉進海裡
都是你回家的時候

對於情感
我們無力為自己博取一朵盛開的花
你說你都三十四歲了
一輩子也從未開過花
穿著一條花裙子
也不會讓你看起來更飄逸

我說，你是含蓄而美麗的
你應該相信
我們最初所謂的憂鬱
都是從他人的人生複製而來的

我是為了命名你而書寫
你是一些殘缺

2016.07.21

你不在時,我想甚麼

追逐浪潮的我
生活已經垂死一半
我剪掉過去的回憶
藏著心事
我還有高山未去

不需要任何人的懷抱了
他們會被我刺傷
是一種償還
我一轉身,花就落了
處於沒有陽光的那頭
我撥出更多時間療傷
也都無濟於事

象人先生啊
你不覺得我們這些平凡人
更適合擁有深淵嗎
你是戴著光環的人
而我只能在昏睡中尋找蝴蝶
連一句活得不好
也沒法開口

2017.05.21

遺忘（動詞）

被疼痛連繫寫詩的日子
不再書寫，連疼痛都可有可無

房子的灰塵被外人打發
我躑躅的心臟，拒絕治癒
屬於靈魂的事我不會
不達到靈魂的事我不要

像野草般：「不用著急去看見。」
要抒發的時候
自然會有鳴聲
自然會有不是狼狽的災禍
我書寫裡的文字
多少是為了被聽見
多少是為了在失去前記住形狀
而遺忘本身
與一言不發的你
是侵略性的

2021.09.18

雙重滯留

假如詩停滯了
我罪有應得
我在虛幻的愛裡提心吊膽著
靈魂啊
你幹嘛老是不安分
三不五時就騷動不安
還敢嚷著去流浪
現在卻連自己的內心都進不去

我的不完美不包括一雙一對
寧願孤獨，淚乾了也就如此
也不會提前妥協
你知道自己終歸是勝利者
硝煙裡面慢行
認輸是最美的慶祝
傲嬌的靈魂啊
你的深度會加害你的愛情嗎
請在滯留的詩裡回應

2020.12.20

十二分之一的命運

一起湊錢買流年運程
你屬的生肖最好不要跟我重複
如果我到最後都
找不到跟我拼單的人
我可不可只付十二分之一的錢
如果最後我都找不到我的另一半
我可不可以都是一個完整的人

2022.12.29

他的名字是探戈

他們在狂歡的夜晚
等待遠道而來欺騙他們的人
他的名字有好幾個版本
秋雨落在匈牙利語的重音上

舞池於他們而言是胸脯的競技場
酒瓶跟桌腳互相顛倒是非
討論野草和馬糞的去向
沾染十月出生的泥巴

在好多風穴裡你是獨自顫抖的
不需要過多的冰點來預視陣亡
既沒有平靜的水送住你的理想國
要逃離一場寒冬
不能忽視這場充滿舞步的預謀
承接一支過剩的探戈

終於要被蜘蛛在暗房裡哄睡
蛛絲蓋在女人的頭顱骨
作保密之用
失明的候鳥是新的牆壁
誰在紅磚的髮絲裡出賣鄰居

2023.01.29

沉睡太久

一顆石頭
沉睡太久
睡成了沙
一朵鮮花
沉睡太久
睡成了露
一輪新月
沉睡太久
睡成了影
不過是我
沉睡太久
睡成了石

2023.02.18

娜娜

娜娜不過是蒼天開的玩笑
笑她生長在土地混沌之年代
笑她毫無破綻的髮髻
她梳理不完諸神的笑意
於是慢條斯理繞過神祇
出走大宅，開天闢地

夢過而不要得
記得的不可細訴
所以背對，繼而成為水
不去揭露耳語
打點他人、他生、他事的
穿過陳倉打點自身
哺乳，插花，應酬，吟唱寂寞
插上一把髮簪
秘密又被深埋幾寸
髮芯被你目光撫摸過
沒有玩笑也沒有秘密的夜晚
只適宜孤獨抽煙

娜娜不過是蒼天對她的愛
用一輩子愛不完
愛不完便讓被她哺乳過的人
為她梳髮

2023.03.10

鯨是海洋的首都

鯨吞噬自己
吐出絲
分泌朦朧感
體外都是陰雨
腐爛的陽光
沒有脂肪

熟練各種動詞
站立，推窗，扭動門柄
敲打鍵盤
抽離聖物的根源
鯨吞
萬年書

你用完餐
二百公斤的孤獨就
無以為繼
與其為你流淚
讓我停止為你寫字

2023.03.20

輯五

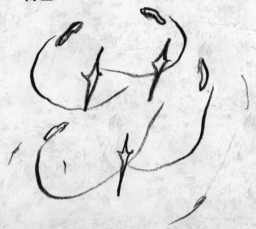

你有各種詩意的配置

樹

我知道你努力地成為樹最寵幸的孩子
你也愛樹冠和根莖，它的內心
也許一棵樹是沉默不語的
像你很多時候都說不出你的痛楚
唯有這個時候，不要像樹
等到一棵樹透露枝椏時
他也許已經承受過多了

2023.01.21

停留

與一切脆弱之事物相關的語題：進入和離開
若果每次的停留時間如此鮮明
如一餐用夠九十分鐘
對於你，一個旅人
我要預留幾多時間
倒數臨別
以及心的空間去善後
你不再停留的時間

2023.01.21

不說出口的愛

相信本能求生，鑽木取火
摘取情感溫暖人間的冬天
說出愛的器官需要預熱
那溫度能讓一群人駐足
我左顧右盼
保持被燙傷的距離
所以我們互相擁抱
因為愛是一場密謀已久的火

2023.01.21

臘月二十八 ── 致爺爺

說不定在遠方裡某個陌生的女孩
踏過你城市那片結冰的湖
有人渾忘地摸著魚尾巴
如今你抵禦更多的冬天
往你身上堆疊雪保暖
南方沒有雪，更沒有精瘦的樹
所以我把我最厚愛的愛折成蝴蝶
往你心頭飛去

2023.01.21

年老

這刻的我都是上一秒的愛
和再上一秒的愛的總和
這刻的記憶都是童年裡
被忽略的味道
這刻的心很倦但肉身黑暗
我的身體有各類型歷史目錄
不能說我真的知道
如何拒絕生命的狼藉
但我就是所有愛的總和

2023.01.21

紙城堡

我想要給你一座城堡
我想給你花瓣做的擁抱
很多擁抱重疊後
你的影子裡有我
我的影子有你，玫瑰色的你
回家的路上
口袋裡有一張平面的城堡
覆蓋你的傷心

2023.02.19

極限（一）

往後的日子，建造一把椅子
盛載餘生
我坐著寫詩，詩裡的山峰
環抱蟬的翅膀
你坐著喝酒，酒裡的火焰
淨化故居的舍利子
椅子坐著椅子，椅子裡的木頭
複製自己又壓縮自己
直至孤獨站了起來

2023.02.19

極限（二）

如何用生命中不承受的輕
注入褐色的啤酒瓶
供奉我手臂的蛇尾巴
纏繞昨日的瓶頸
勒死深藏已久的思想
又如何保住腦海的靈動
隨時搖曳出另一個我
以蛇的眼睛觀察
撫摸影子的我
影子很輕
念頭太重

2023.02.19

粉色的頭髮

我不諳解釋自身語言的抽象
愛人也不諳我的火焰
我的愛裡就有好幾個初夏
跟隨我的命運燃燒
蔓延我的頭髮：情感的副線
過去揮之不去的時候
理個髮把舊髮尾推送黑洞
如今我慢慢分解自我
愈活愈淡泊
可否以一頭淺色的髮色
慶賀溫柔對待我的日子

2023.02.25

雞蛋花

只有我鍾愛淡白
只有我認定花瓣的公平
只有我允許我自己
流露輕盈的情感
在許多腳步如梭的小徑上
我遺下雲朵，也遺下泥塵
以致我每次途經此地
我都以為我種的雞蛋花開了
只有我知道
花開了，而我卻回不去了

2023.03.05

毅力

我想藉一個短信表明立場
我想由一個消息信服命運
我想任一個念頭發展成詩
我想靠一個海把你帶到我
我想建一個國，很小的國
每天做夢，哼歌，做飯
抱你睡覺，刷牙，丟垃圾
沒有多餘的國規
只准你是你自己，有我
只准我是我自己，有你
一天兩次
日復日，月復月
建這樣的一個國

2023.03.05

偶遇

不要讓我與地塊變動相遇
不要讓我與匿藏的雷相遇
處在光明那端的都不要
不要讓我與沙塵暴相遇
擦身而過也不要
不要讓我與熊熊烈火相遇
星星之火也最好不要
不要讓我殞落於一個房間
花房也不要
今天，只要偶然相遇
明天的都不要

2023.03.05

貓爪

你讓我小心翼翼
大概,我也曾讓你小心翼翼過
你選擇躲藏,唉聲嘆氣
有時絕食,最愛的吞拿魚大蝦
也不屑一顧
我去呼喚你
只是讓你知道我甘心臣服於你
你呼喚我時
甚麼都不說,要說的話
又說甚麼呢?
但你給我爪痕,我猜
你說的是
「誰叫你愛我。」

2023.03.05

激情

走進生活的核心，先剝皮
一層一層的醒夢
我對捕夢一竅不通
也不擅長榨取慾望的蜜
幾顆發芽的種子
記載過四季如何復修枯木

於是我成為船身
滴水不漏，掌握風向和悲傷
拈一朵大紅花做船頭
允許生活漂流在
一片鼓聲中
讓海浪離不開我

2023.04.15

甜蜜的限制

當我用不了疼痛取悅你
我可否端我自己，甜蜜的部分
刺向你，注入思緒

一個人走過了荒蕪，走向你
我們一起唱歌黃昏和歡樂
歲月分了一杯羹
平均分了，我們卻走散了

臨走時仍有借來的花火沒法還
就讓自己燃燒自己
把我接住的人和把我送走的人
沒法端出更甜蜜的自身
只能把中間的一片
取悅自己，有時是你

2023.04.15

漂流

如同你，我曾經漂流
原諒日子未必常常在陽光底下
假如這弱水已經流去
也必定有人在某處
接著它，安靜守候弱水吧

曾經的路在換季下更實在
如今我有的身體記憶
屬於無人知曉的清晨，肆意
飛翔，飛不了，用漂的

直至你的目光夠溫柔
把我送回家
如同我，你曾經漂流

2023.04.15

立夏

三十顆寶石而立

夏季如何燦爛

我如何被染上金黃的珠光色

潮濕的港風慢慢吹

吹進我的耳窩

幽微的外語裡蘊含

海港的前世今生

我參與了一棵樹的季節

踏進大街小巷

傳播詩意的花粉

每個我去過的角落

在夏夜裡

冒出花蕾的微笑

2023.05.06

光的軌跡

有時我羨慕百葉窗，明暗分明
快樂一行，悲傷另一行
太陽露面時
喜悅灑在我的手心
照亮生命線
大悲大喜裡，匿藏著安靜的夜
有時我直視天空
只覺得渺小
我的眼睛承受不了兩行淚
卻遇見你
命名為宇宙

2023.05.06

我們都是被星光哄騙的孩子

作者：	吳敏鈴
編輯：	Margaret
設計：	4res
插畫：	孫諾怡（Instagram: @slydrawing）
出版：	紅出版（青森文化）
	地址：香港灣仔道133號卓凌中心11樓
	出版計劃查詢電話：(852) 2540 7517
	電郵：editor@red-publish.com
	網址：http://www.red-publish.com
香港總經銷：	聯合新零售（香港）有限公司
台灣總經銷：	貿騰發賣股份有限公司
	地址：新北市中和區立德街136號6樓
	(886) 2-8227-5988
	http://www.namode.com
出版日期：	2023年9月
圖書分類：	詩集
ISBN：	978-988-8822-93-5
定價：	港幣98元正／新台幣390元正